U0550055

在我身體裡的那座山

Talatokosay A Kapah

嚴毅昇 Cidal 著

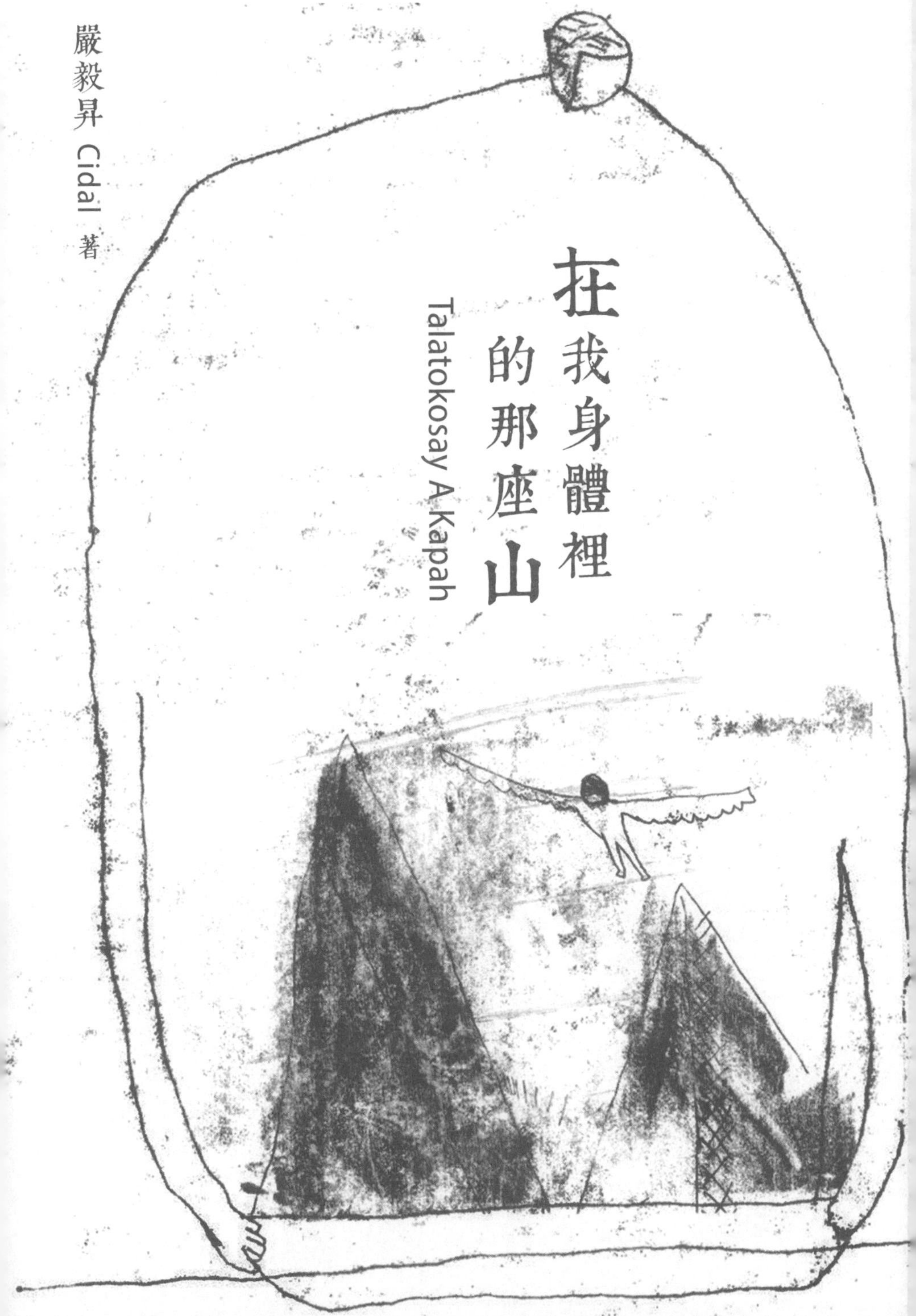

輯一：似惑生感

目錄

輯二：街頭歌唱會

輯三：烏鴉沒有來答唱

輯四：你的揹袋讓我走的好緩慢

詩代序：敢於

這世界已不需要倚靠語言連結
夢，傾倒浸淫所見
花草過於茂盛
山河破碎
你已回不去你所憐憫的憐憫
它請你離開
它請你離開
你必須學不會也必須學會
離開
·
獲得一種無法被毀壞的毀壞
像說夢話的人有一種不可控制的絕對

詩代序：敢於

無法理解
曾經存在的一段話
像快醒來般劇烈

輯一：似惑生感

蒼蠅王

我們沒有那副眼鏡
去檢視自己
燒不起來的柴心
為自己而活
是一件很難的事情
並非之於自己
至於致力祥和社會

我們經常對小事忽略
禮讓似乎在無人島中
是最不具備可能性的活法

如果我們都只有自己這一條命
須要顧存

我們沒有野人
失去瞳色的純白
能看見不一樣的世界
在另一個世界生存
生出另一種苦悲
守護自己的山洞
杜絕他人的回聲

我們沒有放下恐懼的雙手
與伐異的歸類
以及蟲類一目多次的視野

即使很多
也很少
對於廣袤的世界

我們嚮往生存
我們自稱靈長類
自從海洋演化的鰓到肺開始
我們死亡的方式是
無以名狀的回歸

主義犯

據說未來的我曾來拜訪
他主張小說必須後設才彰顯樂趣
但我總覺得一再影響後世
神話更難述說
我們將作為前者迎死
作為自身的根源者
逐漸入神

若要吶喊山的主義
海的主義，甚至於
世界也導向一切革命

主義都市的無政府主義或
無條件基本收入論者
是否如星象虛擬的上升
人類屬人還是自然？
降生凝視的他者采風圖之下
迷思族裔囊括血統
邊緣領域混身的傳統文化
神話定義還是政治選定
人為的災難自然的製造
而我總是位叨叨的主義犯
老朽的我終於難忍地插嘴：「死後
仍要帶走一灣溪流」一體內
流動著歌與淺水夢

主義以及主義的堅守

部落山部落海的虛構

生之殯

阿靈，替我張羅幾個月的時日
時日稍長，夢亦無多
好好吃飯、睡覺，附耳輕聲地叮嚀
昨日信箱是空的，臉色也總是驚白
油箱加滿。揹包裡的廢日曆紙備好
備好瑣碎無的的記事
堵塞日光傾入的門縫
鄉野的羊隻
因為有了碎散的紙片
旅途持續停滯在貧脊的草原

阿靈沒有多說什麼，總在夜裡
清醒，他曉得今日不寫信給誰
（只能扮演把秘密說出去的人
或捎給陌生人知道的事）明日就下地獄
兜售失序的臟器
胃部的退化尚有異於平凡的風景好看
心眼隨著病歷紙進入碎紙機
鼻、耳在夜間一面尋找機密洩露的跡象
一面流浪在風與火中敏感
踟躕是否將失語的唇從房室寄出

某些皺紙上姑且浪漫著憂鬱的行文
無非是巧附於工的量產罐頭
我蠶食著庸俗以求生

在我身體裡的那座山 Talatokosay A Kapah

是日，化身為他人
潛入易碎的殼
夢中有把刀為此埋伏著
未死的證據
幾次逼近成功
驚醒以致
往復未完整的死，猶如細數
在夜裡荒頽的圈羊場
碎散而孤立的星辰
阿靈，未死前你曾許願二十四歲
一個人寂靜的死，然而
撕碎的日曆紙上寫著：
「今日不宜下葬。」

歧路

當林中有兩條路
我選擇循著你的腳印
倒著走過去
即使永遠無法真的走過去

如果兩條路的外面還有兩條路
或許兩條路的外面沒有路

像一座山的山頭那樣空曠的滑下
任何人都在那座山頭上呼喊自己的名字
卻從來沒有真正的人回答

還能夠走路的意義

當林中有兩條路
有樹還在奮力盤根
他告訴會飛的鳥
不要飛

當你的海洋走近你的海洋
抱著你的背後找尋
從山上掉落的小石子的方向

自白書

如果定義這個季節的風景屬於白色
在記憶的邊疆無聲堆積
一張張慘白渺小的臉
秋時，紅著回來算帳
在易於慵懶的初春晨昏
我們都少惦量一些生命
或許一杯水都感到冷而僵直
明明沒有身體
神卻給予感覺
一些我們原來敏感的呼息
於彼此指間失去的明朗與喜悲

在我身體裡的那座山 Talatokosay A Kapah

蒸散、飄浮，有一點死亡的氣味
被咳聲摀熄的顫音
一律無從計數的氛圍
在交錯的軌外，青春跑動的深情
與誰無關
與誰有關
這一頭是灰色地帶
所有置喙皆無法替代的留聲地
有些習慣，無法再去慣習的都在此堆砌
拋物的少女已逝，借物的少年無法回往的
坐在車站
看火車頭的探照燈
向如昔的軌跡探尋什麼
便有了寂寞與等待

自白書

如成熟的嬰群地縛著
笑靨無法離去
發慌的想抓住白馬
不往夜色縮去
或許這次沒有抓住就沒有下回
這次也無力的轉身
像被清理過的垃圾桶
急行，一折報、
食物、零碎的菸頭
硬幣、什麼，都好
只要能找回妳
無法預覺世界將侵染誰的時間而失序
至少沉澱此季的軀身
有些不白的事物，也都該泛白了

明明擁有身體，漸漸在將醒時僵直
而我深知醜陋無知與美會……一起回來
靠在窗外向內探索我的眼
不全然是想等待
應許的白色

罹難者・冬

五點凌晨
林間的鳥鳴聲中
持續收到自己曾發散的警訊
回聲倒溯指針至六
判斷他遺失感知的距離

神秘的揭開愛欲摺疊的信條
屏蔽的火焰，善意的阻隔
絕冷的邊鋒一再降臨輕盈的空
如有雷同之言：「請勿脅迫發現者
的辯證時間，使其急促的肺腑

急促呼吸失去的線索……」
於此，依融雪垂釣水的身世
鏡子裡外未得日照

遺忘餌是否如常鮮活
無數清醒夢織點的星空
給青年思考者的密件
荒涼搭起掌繭
是否感知
降落傘覆蓋憂殤
罐頭篡奪時間
年輪不禁轉譯了山風

遞交給山脈的唯一紙箋
冷卻的木炭
與破紙箱燃起野色
冬夜死寂，幸好你未出生

搭車者・冬

試著踏上椅背，走入旅客的腦中
讀一位陌生者腦中譜寫的小說
一位思慕者對於街的微觀
劇情鋪遞尋找水聲來處
看見心埋藏在地道底下
大水反常沸騰像爐火
將煮開一鍋戒與律的界線
撐展冬至節歲的寧靜

日復在一條街弄走進小店深處
每日固定一杯咖啡的時間，他聊

穿行與彈奏的技術，那吧檯上枯燥的等候
與心儀已久的對象。即使彼此，曾經
有人張望。為了生存或者事業的掙扎
溫存總是短暫。他的小說似乎有一種
悲懷，或者意志不前的指向。那一尊主角
總愛怨嘆他的身家，他那怨懟多時的看法
徑直指向寫他一生的造主。也許是母
在那門中沒有平時的歌聲，彷彿沒有愛慾
活的可能

有些戰鬥在遠方悄悄熱烈鼓動，而它隱藏
酒櫃中高調的奔逃，不願想起私情的兒女
就是它自己。它遇見算命師婆心的告知
艱苦的道路上有命運之人必然像撕黏的郵票

一再貼上。輕易沾黏、撕毀，如廣告單囂張
這一身懾人的負，也許毋寧是想它與她未曾相望
在一個天晴氣朗封斷躁鬱的街道上
相識以後。見，只是一種合理維持的藉口
它不斷的確認自己的尚存，看她久別
站台的車窗相視的移動
從她的雙眼，發覺一絲細微關乎著可能
它描寫那猜想的一切皆通往失敗
在每一次耳邊細語的溫柔中，找到縫隙
與以前，總是抱著希望，與每個角色商討真相
不再曖昧的描繪它們的曖昧。關於未成的結局
並告知他們：「如果愛的機會來了，不要只是去想像。」
到對手的身邊，好好的告知一切。
即使赴約的情節，並非相處成對等的善良。

忠於人設，排演相視模樣。在上戲時。
一張腦中浮現數次的餐桌，與她共喝碗熱湯。
不再去想陌生情竇展開想像
正努力思考節日紀事如何日常規劃
在天氣清朗的迷戀與溫柔中
截一則故事攤販兜售

路石

二月竄入琥珀色的泥淖
以脫逃的手勢泅泳
被名為熟練的傳染病所擾
彷彿拉扯著時間
彷彿你注定善於遞予
屈躬如一紙早夭的履歷
一隻待繭收束的蛾蠶
吐露春光將你綁縛
你說：「那也是血的延伸。」
與火的顏色相生熾熱
涉險的想望

路石

抬頭細讀尋己啟事
即使自由意味諷刺

那手也曾拋擲石心
迷惘步入憧憬的學院
試著把誓約像稻籽一樣種植
道路和根脈相連，而生長冷冽
忘了從何碰觸寫作
忘了從蠶繭剖測疼痛
擱置在一塊陰冷的石碑上

石碑圍困大霧
大霧圍困細葉
草丘上數棵矇眼老樹

未見低處的新露
如你找不著存藏的荒蕪

人生編年——就這樣到了三月

黑扁帽、人字拖鞋，以及提袋。
思緒纏引著日常
在空氣中抽乾，換上紀念
新的濕氣，棉被與貓毛堆疊舊鈔的寂寥
替換的T恤褶皺夜晚
蓬鬆拋起毛架的街道
票根以及不太稱職的日誌，每夜
在每頁書書之外的律動
記載，活動、金流通向
公家戳印。煮食以及未煮食的天數
在IG之外的鞋內，有些食骸殘留的罪惡秋天

湯汁記憶滴下拓墨
細膩雕飾，淺以及深的鑿鑽
如版畫之觸。微波食品加熱人際關係
與調味料包熟滾爛軟的佛跳牆口味中冷卻
從未抵達的泡湯券，一個下午的拖遲人間
穿戴錯誤的足球襪與失序的壞脾氣
讓風化的心情離家出走
感而未謝許多事項待辦
作為保質的乾燥劑從一個角落開始破
未止息的蚊嗡聲脹滿渴望時
共享過時老電影，算計無妄的購物清單
與輕旅行
內心通緝數百次的兵單到來
在相同一月份，同一分鐘內刪除

數千次的大量搜尋，消息遺書般隱匿
如點燃的單據、馬桶中浸溼的碎廁紙
過剩的無再所須
有時作為一台虛構的碎紙機
碎去過往寄儲的 NFT
在那頭妳躺著，進入夜間飛航模式
在這頭的我讀幾首外國詩人的詩作
意圖催眠尚未出生的本國詩人
讀些翻譯起來特別拗口的詩悼念失眠
詩在詩的兩側間飆夢
穿過狹窄的柏油路，舉起壁花的手臂
穿過靠右的社會制度，總有人想起
對多餘的轉向次數進行數次辨識
猶如虛設的測速照相，我厭惡

喜愛從左方而來的超車。在轉彎處折損
有時單行的愛慕，有時失信的反光鏡
這裡加油或者那裡就煞車的關係
在坐墊下葬的熟食，或者混淆
塵封巨大蠹蟲進食的編年
一面嘲笑電視機過度放送的假新聞
一面煩擾沉寂已久未啟待整的臥室
像是水漲過剩的時候，把柚子放入水庫
可以祈福，晚禱，在挨家挨戶泡澡的水缸裡
黑帽、人字拖，以及提袋。同款T恤
纏引的思緒在日常中風乾

脆弱形靜的時

列車上
蛋殼般破裂的細聲
撓搔耳中的鈴
溢出的尖聲
揪起一對耳機
帶上耳窩裡的回憶
試圖遠離索求暴力的心緒

想妳也是一根十分安靜的弦
從不主動靠近
告訴我妳的心思

正在何處旋繞

我的雙眼看見熟悉的車站
想起妳也讀過那一首
我讀過的詩
心處安放

過了頭城
再到花蓮
課本寫著某位作家經過了東部海岸的國境
故事寫成新的故事
延續風景

風來時

像是我帶走的
無數臺彈奏過 Golden hour 的鋼琴
只取走其中唯一的那顆黑鍵
隨意如草葉拂過臉面
有時候白鍵看起來比黑鍵還黑

彷彿——
世界靜止了
在海上漂流破碎
我像無數片月亮上的塵埃
突然破水一躍
上岸成木
船過水無痕

黑矮星

——迷失的民族在霧中言語，以為神。

看著奢侈且粗劣的人
談起寂寞，寂寞如一顆顆
不起眼的小行星
不經意掉入地球的慼溫層中
掉入裂迸的傷痕，人們認為是藏著
願望的缺縫
給自己看，給自己傷痕會好的期待
從此視角的邊窗霧了起來
翻閱風景的萎弱、翻閱重山
翻閱神裔的爪痕

境內的殘生

在寒風中點燃火柴
低調的憐惜，將自己的低溫燃燒至粉塵
影子被光推的越遠越長
每個屋子裡的夜晚都祥和
悲劇遂成床邊童話
樂禍是另一顆星球的使節
而狼不是星球的主人
擁有嘆息宇宙的邊緣的資格
懼於揭示狼屬於人、不屬於童話
而這顆星球的人種
屬於永冬中的餘火，各自夜空
各有各的黎明，各自星球的碩壯

有益於占卜一個會失落的夢，
不再開啟的黑洞，阻滯著強光般清顯的話語
一個人和飄浮的夢穿越時空
越多衰頽的星球，便更能恣意擊中夢
狼的悲傷便可以姿態更高
屬於神的遂都成了火下之餘末

光是越強了
呢喃的影子躲藏在更深淵處聚眾
明白血液由霧組成的自己，將在白晝中潰散
但從未真實的瞭解霧是什麼
或許霧是循環的朦朧
狼繼續探索無解的形構
且因寂寞而躲在人群其中

學習說謊，學作為人
迷失民族在霧中言語，以為神
然而——時間是靜默的敵人，等待生命的開口。

破折

上引號，包攬了時間碎裂的瞬間
空間支撐世界潰決的未來，下引號

日月銜著身體與靈魂
走出溫柔與謙虛的獵徑

影子跟著時間
黎明成為逗點將付諸溪澗

石鍋中餵養的存在
從無知中生出語言

當聲音的語言剛學會用火
城市的文字開始在山間縱火

山上的水流落街頭
是誰在挑戰雨神的國界

靈魂成為時間
影子尾隨句點

日落
傳說有如破折號的不斷拖曳
向天空舉起烏雲的鞋延

走來夢中一位漢裔大作家質問我這位 Pangcah：

「句讀之不知，或否焉？」

我告訴他
月亮是如何教我走路
太陽教我怎麼睡

濕氣詩三首

之一　蛻皮的房間

十六歲時阿公死於肺病
書桌寬敞
還沒有一本詩集上解剖檯
尚未滿載的停屍間
床頭的夾式檯燈
有父親重新接上的電線
兩種顏色的皮裹著
我們彼此相視的時光
成一條並聯的絲線

照明世界的顏色
現實是相悖的鏡面
烏鴉避過閃電
響聲擾過世界的喉咽
你傳來的聲音
皆是回聲

二十一歲，暗房的主人不在
午後的陽光低過窗櫺照進來
照亮妳來過的腳步
妳遺下身軀
尋找愛人的墓園
不在同一個地方
搜集來的詩集散落像墓碑

一般的攝相在書籍中安放
攝影機裡徬徨的影像
在閱讀者把玩的手中垂死
翻開妳甜蜜的宣告
世界的旅程
從查無此人開始紊亂

二十四歲以後，歸途回往
這會蛻皮的房間
重新接上的時光
照明標本
鏡中的容顏
談論彼此與世界的相悖
另一個我仇視的人

已喪缺憐愛的本事
不如死去的父善於擔憂
唯一安慰的是
房中的烏鴉尚未學會閱讀
飢渴於傾聽死者的呼吸
待溫柔層層褪去

之二　房客

房裡的電視重複播放一幕場景：
那裡大雨如注
小屋的窗外雨濛如灰
後來想起

你時常走往長廊盡頭
站定在那扇門說：「
那裡的時間很快
快的未曾換季。」

之三　強降雨

將雨聲整囊
放入兜中的木盒
雕紋刻止一半
等待完整
遠方閃電落下
屋簷上的火燄

燒乾書房裡的信息
你迷凝的走向消失的接收點
望見隱處冷灰繚亂的火星
推開焦黑的重門
將一半拆下
半覆的，皆擲入火中
你說折損代價
便能穿過一切物事的背後
你懼怕降落
身軀上的任何事物
於是開始嘗試測量雨的重心
在盛水的木盒上擲擲金幣

空氣音樂

"Life's most persistent and urgent question is: What are you doing for others?"
—— Martin Luther King, Civil Rights Leader

序章

下午五點四十九分你開始點擊音樂播放
六點十一分客人點單紅茶
螢幕，也想要坐下，另一位客人向你走來
鍵盤敲敲話：「請稍候……」
六點二十分客人開始看書
變換歌曲像在誰背後
抽取人生的旋律

然而隱者並不在隊列中
安靜是種慢性致死疾病
皮膚上爬行的濕度發出微光

幕啟

下午六點四十分窗內的茶有些涼了
末後的日子轉動迅速
關於大社會不再比小社會在乎
收音機冷語冷調：「二〇一七年……
寒流死亡人數……」忘記吃飯時間
看見客人便沒有罪人
寒風翻閱外衣時時侵略
生命頁數無須付費
蕭索老去

幫盆栽澆水像對青春澆水
預習凍僵的末梢，漸漸無感
近日少人往來，默默讀報
有個詩人死亡
有個不熟識的攝影師靈魂失去下落
在同一句軀體上，以我知道的方式尋找
抓不著的神
形影都押在雪白的牆隅下
敲響硬幣聲

下午的他依然深耕在人群中
尚未入世
獨居田野的憂鬱如寒夜
暗中燒盡的餘火微熱

感受盈覆的荒蕪
因有所期待
經年替疲憊翻土

間奏1

下午七點零七分單曲循環著你
開始為自己默讀
坐在沉靜時光中如緩緩下降的旗幟
孤獨者的睡臉初醒的血絲，純粹且幸福
今天你也翻閱廢棄的書籍
用心過生活
體會稠人虛座，想著
如果夜深便能遇見蘇格拉底

間奏2

下午七點零八分氣味放緩擴散的迷霧
你想說的話越來越多
能做的越來越少
門楣的掛鈴像是狂奔的引擎
眼睛是疲憊的門
風是虛掩的文字
偶爾乘虛而入留下的情緒
用書籤扎在摩托車日記上

次幕

下午六點零時記得他失去了傢俱

與第一人稱
被紙袋裝走嬉鬧聲
被紙箱帶走的生活也越來越多
在許多無關於也關於自己的季節裡
頑強抵制，在人潮之中潛水
看見死者的召喚
站在一窗破舊紗狀玻璃前
向光祈求將不潔一一撕去

三幕

下午七點零八分
時間如漏斗緩慢滴答
多數時候想要離開驚怖的水流

積滿的心和訊息
無分無秒熠熠閃爍
出門時攜帶的書冊
浸身在划手的迷你舟太久
偶爾也該上岸吐出幾句
的遺書太多
骨骼快被壓碎

幕落

下午七點二十二分點擊音樂
另一個自己
在長長鏡頭無限延伸仍無抵達街的盡頭
而默默哼歌

在我身體裡的那座山 Talatokosay A Kapah

一個人繼續冷漠的人生
正覺孤獨對自己的作為
沒有隱藏任何祕密
你像是一尊隨處鎮坐的人體模特
等待時間把溫度描繪完後
留下空碗
離開時你說自己喝的不是紅茶
一杯單點人生

"Life's most persistent and urgent question is:What are you doing for others?"

——Martin Luther King,Civil Rights Leader

「人生最長久且迫切的問題是：你在為別人做什麼？」

——馬丁・路德・金恩。

文字工

我對死亡常有一份敬與愛
我和你或者誰的陣痛
早在初生的病院
留下一條回往的道路
不斷的起伏
跌宕
火一般燃燒周圍的現實
又使一切獲取溫度
無數進入耳中的單字
你的牙牙——
神秘的詰屈

在我身體裡的那座山 Talatokosay A Kapah

自一位作家孤獨的呢喃
在無數的文字與金錢的交織
角逐與掌聲構成的活動中
說一切揭示著虛無與眾樂相關
而我從一方天地裡的輪番謠唱
聽見浮游其中紛呈的生命
在未發表的生平中
隔空交鋒

我在一場詩歌的聚會中體會過去再過去的老者回憶的聚會場所中談論年輕人面目模糊著
參與各種文藝的終末如瘟疫般喪生彷彿聽見文格子上一抹錯破的暗淡滲血

我前往活動結束的夜晚
在白晝的背反中

文字工

無一二致的
對你的提早來到
致哀遙遠的無聲
一顆脫離生死的軸輪
尋找城市憂鬱的因由
你投以清高複寫人間
汙穢析論孤鳥與弓箭
我只好在活著與讀著之間催眠
彼此能夠共同融化的瞬間
你仍在酒與酒之間
執筆於書桌與工業鐵桌上
尋找一支能吃飽的筆

在我身體裡的那座山 Talatokosay A Kapah

或許破碎是一種近
或許遠是一種撕裂
山無端留白
無關飛與不飛

輯二：街頭歌唱會

長夜無疆

一千天以來
礦井還在
山腳下的部落還在
僅因有人苦守且盼著
讓臺上的人得以言語

一千天以來
港警還在
校園中的學生還在
進退都是煙幕
血讓雙眼分不清催淚彈與彈幕

是學生、民眾還是恐怖分子
與警察，撐著
彈孔、包紮再向前
為讓獨立媒體多傳送一句：
「早安」

一千天以來
西班牙、智利
伊武伊死的道來人群在烽火中
無論姓名、職業毫無分別
關於會否遭索羅門群島拋棄
輿論在天空中殺死堅定者的故事
舌尖比子彈更善於巡弋心坎
跳動著的遺言：

「你的歲月靜好
只因有人替你
負重前行。」

一千零一夜過去
誰的死又活過一千天？
誰殺死人群
誰看著人群被殺死
在人群中與人一同歌唱、吟詩
辯論與露宿街頭，想作為幽靈
從金鐘、元朗到太子站遊走
他從內本鹿、都蘭到凱達格蘭流離
誰都未曾看過遠古大洪水
寫下現實讓傳說存在

長夜無疆

黎明打開世界之後
有人準備射日
幽靈將要消失

巨牆在各地自顧醒來
向內壓境
月光下街上閃爍著餘火
迎接一千零一夜的來臨
世代的章節重整道德與曖昧的寫意
若你也曾聽過一句：「沒有
人是局外人。」你的命可是
輕披一層金玉的灰燼
也能是經年噴淌的火山下
掩匿的礦井

小記

二〇一九年十一月十九日凱道部落巴奈、那布為原住民傳統領域議題於凱達格蘭大道露宿倡議第一千天，這一千天以來，世界各地發生好多令人遺憾的事。

十五歲的志願

十五歲的他坐在補習班的教室裡
為考上好的志願，每晚一天比一天
更加努力解題
承師長、父母期望，每夜晚些回家
雙腳設置在夜間轉動，命運彷彿沒有盡頭
踏板的一端連接著俄羅斯輪盤
前進、向前進，夜晚的路燈總是昏暗
街道很長，所以還有遠方
他渺小，如一顆鋼珠
掉入無明宇宙

那年她也十五，在冰冷的水上漂浮
像一本寫到一半被拆散的筆記
好幾支電筒照著她的軀體
每個夜晚思考這社會選考的題型
在課本、參考書裡找不到的解法
難以回答的人紛紛上街
而解答和老師們
以催淚彈、步槍、警棍……
一再讓孩子們晚些回家
一週又過去
煙幕回到媒體的眼前
讓幾張照片吸取年輕的血液
張貼在布告欄上
前進、向前進，只能站在

十五歲的志願

一個讓世人必須看見的位置
望向天空：「會回來的。」
有人不再控訴、呼告，有人哀禱
留下呼吸過的文字
往黎明升起也沒有陽光的地點出發
像深入了地道眼前昏暗
苔蘚總是出現在莫名的地方
時間很短，痛苦與亮光存在一瞬
任憑死亡凝視天空好幾次
好幾次志願下水了
在夜裡泅泳
尚未離開淤積的泳池

小記

二〇一九年寫完這首詩時，坐在房間裡想想自己十五歲時的生活，倒吸一口氣。看了臉書動態回顧，發現十月十一日是聯合國訂定的國際女童日，每年倡議的主題不一，臺灣也有人推行這一天是臺灣女孩日。人生中斷，有些人沒有繼續長大。香港的情況，已超乎我的想像，跨越人道的界線，香港的朋友說，這則新聞有如臺灣的白色恐怖時代……。

*

二〇一一年十二月十九日，聯合國大會通過66／170號決議，宣布每年的十月十一日為國際女童日（The International Day of the Girl Child），確認女童的各項權利，提高全世界對於女童面臨的不平等待遇的認知，以期提高女童在教育、醫療、營養、法律和安全方面的待遇。

二〇一二年結束童婚 Ending Child Marriage

二〇一三年為女童教育創新 Innovating for Girls' Education

二〇一四年賦權少女，終止暴力循環 Empowering Adolescent Girls: Ending the Cycle of Violence

二〇一五年女青少年的力量：展望二〇三〇年 The Power of the Adolescent Girl: Vision for 2030

二〇一六年可持續發展目標 Sustainable Development Goals

二〇一七年培力與賦權女童 EmPOWER Girls: Before, during and after crises

二〇一八年與她同行：幫助女童培養工作技能 With Her: A Skilled GirlForce

二〇一九年女力：跳脫框架且銳不可擋！ GirlForce: Unscripted and Unstoppable[17]

二〇二〇年我的聲音，我們平等的未來 My Voice, Our Equal Future[18]

二〇二一年出她的故事 Digital generation. Our generation.[19]

二〇二二年女孩大聲說 Girls Speak Up.

二〇二三年準備好改變世界 PrepareToChanegetheWorld

二〇二四年女童憧憬的未來

你問聲影抵達之所在

光和雨交融
在缽中密語
手指淩厲的波濤
刺青的圖像蛟龍、閃電，像思緒的絲
線軸拉長
水滴像針穿引一粒穗輕盈撥動
鼓的皮被劃破、影子剝開
凝滯的聲音。光浸入雨的源頭
我分辨不出它將生出蕨、藤
或者我不明白的
並非這個世界本質的植被

你問聲影抵達之所在

剛硬亦軟韌，如冰之液固
如鏡之形影
臂上之物一樣活靈
活現。孩子在泡影中嬉戲
聲音溶入水變形的過程
彼此相互孕育
聲音細嫩如繡
像各種神在訕笑彼此
你也無須聽懂
一首用手指吟唱
在土中顫動的必然
雨用罄的時光內
花瓣長在入漿不久
可惜那語言的舊巷正要隨雨睡去

小記

於老松公園舉行的「用愛發的電器系市集」活動，二〇二〇年因為都市更新案，萬華的電器商店街即將在九月底前拆除。

巴奈：「我們離災難其實很近，像颱風突然就來了，像現在我們隔壁的桂林路五十七巷就快拆除了。……南部有一個朋友，其實也不是很熟，但很多議題也會和嚴詠能老師在抗爭場合聊聊，像之前就聊過花東的開發議題，但他就是突然的心肌梗塞離開了……但很多事情，消失是必然的，但這不是一個結果，是一個過程。像最近一個在南部的大學的原住民專班老師帶學生爬山踏查的時候，有個學生掉下去，就過世了……消失是必然的，而我們要想想接下來該怎麼做，我們都會老，要為未來想一想。」

的

——悼記山海煤礦礦災兼記二〇二一年五一勞工大遊行退休老礦工

那年 Kacaw 留在山裡
七十二個人身沒有再變化過
一九八四，身體敲開了時間。

把#字鍵標記的中央塗黑
輸入：「走不回自己踏出的路
找不到留在家鄉的門。」
馬路上小石隨來車顫抖
星未止的敲擊勘井外的黑夜

一邊聽阿公和阿嬤沒頭沒尾的聊起
我未曾經歷的經歷
坑井裡的圓鍬沒有目的地的鑿
想把眼前的黑鑿出呼吸

早晨將黑夜藏在地底
沒有一種語言穿越現在
沒有一種壽命能由法律回溯
在權力者的冰箱中冷藏、沉澱
再狩獵、冷藏、沉澱。未曾解凍
僅有亡者的數字在檔案中
如夢囈富有聲音的
在逃

如城市雌伏
無聲、伺機
不知井底
歲月已如塵灰在雙眼和肺葉中漫游
一種高尚的語言掩蓋著眼瞳
即無所謂逆，無所感謝天地自然
無所謂單一信仰與泛靈的區別
見那黑石上的黑石
像日蝕
像黎明在地底隱匿著生命
你可曾見過死神行走的樣子
身體比午夜的山路還黑

看診單上每日為死亡署名

在我身體裡的那座山 Talatokosay A Kapah

有種嗓音的震盪難以模仿學習
像坑道裡那只插梢還插在山的皮膚裡
敲擊、鑽鑿著咽喉
定時探入歧路
光微弱呼息
未曾流入暢通的行跡

一九八四那年 Kacaw 留在山裡
七十二個人穿越勘井來到未來
消失的身體
敲開了時間

——悼記山海媒礦研災

的

＊Kacaw，阿美族男性名字。

＊「走不回自己踏出的路／找不到留在家鄉的門。」引自胡德夫《為什麼》歌詞。

＊一九八四年六月二十日，台北土城海山煤礦發生災變，造成七十四名礦工死亡，其中三十二名是原住民。當時胡德夫寫了《為什麼》，具有強烈的抗議色彩，訴說原住民離開家鄉，在臺灣社會底層拚死工作的悲慘命運。

一九八四年六月二十四日，在「為山地而歌」的音樂會上，胡德夫首次演唱這首歌。

一九八四年七月十日，台北瑞芳煤山煤礦災變，一〇三名礦工死亡，十二月五日三峽海山一坑煤礦災變，九十二名礦工死亡，三次礦災的死者中，原住民都佔了很高的比例。

一九八四年十二月二十九日，臺灣原住民權利促進會成立，開始發起「原住民族正名運動」。

忌日快樂：寫給緬甸與自由

忌日是一座遊樂場的名字
它有許多別名：天堂、擁抱，又或者地獄
我最喜歡開場是寂寞，結束是遺憾
閘口列隊前行
我聽見我其實在說明何謂「回聲」

樂園永遠不嫌人潮多寡
不斷號召眾志而非孤絕
無論死於戰爭、疾病，殉情或者殉道
無明的意外，死亡——樂園皆予以祝福。

樂園是一座社會學與行為藝術的博覽館
一種牴觸生死，學會將成功
與失敗共同紀念的室外大型劇場
如果我們識得其所
如果我們仍然傷悲
在女王逝去時我歌且鼓盆
以破盆盛水，敲奏送葬曲，乾一杯。

當中因自由致死使我驚怖
那是樂園中最應該出現的事物
年幼者有半票死在樂園中
時刻上演抗世劇碼
演員既是弱者也是英雄
既懼怕也深愛未成年滿足於抵抗中心的神態

在我身體裡的那座山 Talatokosay A Kapah

三月，死亡將近的季節
中央銅像漫射的噴泉
天空座落於傾斜的山域
風在哪停滯廣場便在哪隔世
而你再消失
像呼吸被劫走的獸偶
冬末的槍聲依舊連日震震

彈霧、羊圈，你與領隊狼
在懸崖邊界將誰逼圍
火在深淵燃燒
油水深邃黑夜
槍膛若是棺
祂掉入的便是槨

她（他）的快樂替代世界凋謝
她（他）以身軀替代身軀凋謝

樂園業者在喪禮燒滅活人獲得光亮早晨獲得溫暖的生存
中央廣播對著新生兒父母說聲喪禮快樂：
「歡迎入場，本園未成年不須購票。」

我不和你談論

我不和你談論
何時開始寫詩這件事情
只知道學會你的筆以後
文字可以像口簧琴
聽自己顫抖的聲音

我不和你談論山上的路怎麼走
年祭時能不能去部落玩
怎麼用生命喝酒
跳舞的怎麼手打結
五〇年代電影的歷史到底

的啦是怎樣發音？

我不和你談論
怎麼來台北還住河流邊
跟不上水流般湍急的蜚語
我寫不贏的不是文學
是國家的暴力
所以寫成歌
河流教我用唱的
會發出不一樣的聲音

我不再和你談論時代氛圍下
人人面對各自簇擁的小確幸
撕碎課本與教條

有些人生小道理
是國家不懂的秘密
陽光注入我的身體
我的血像小米酒
辣辣的發出火燒的聲音

兩代島內移民久居的城市裡
人生啊！福利啊！遷村啊
已經重蹈覆轍多少次
而你難得作為原住民
就唱唱歌喝喝酒
在農曆年節與連假時多回部落撿鍋牛
沒有人聽你無病呻吟就拜上帝
去習慣習慣社會的年輕

往逝如何一再吹拂而不動你憤怒的心

二〇二二年九月六日吳晟紀錄片《他還年輕》觀影後作詩兼致吳晟〈我不和你談論〉

狒之死

一隻狒狒，費力的逃出動物園
闖入人類世界
在人類世界內部尋找另一個動物園
為了和平相處
牠吃掉人類的恐懼

遺忘恐懼的浪漫人類
動物園腦滿溢著正義感
拿著一把獵「嗚嗚嗚！」的槍
老是打不準事實的紅心
那搖滾多久的道歉文化

低頭吃食社群網站上義正延遲的暴虐言語
告訴你完美的同理心可以合理滅亡一個族群
像長頸鹿學鴕鳥等待風暴過去
把自己埋到土裡般恭敬的「一鞠躬！」
以飽含和平、溫情的話術，想把憤怒抹除鏡頭
猶如從地球抹除人類的足跡
猶如把槍枝從人群視線去除
面對另一個擁抱恐懼恫嚇世人的國
祈禱槍火消化不良

像要把自己住在動物園裡當王的人類
夜夢一座完美的動物村友會
以同理心，關注、憐憫
超越物種、語言，因無所懼的完美新世界

「再一槍！」告訴狒狒要擁抱快樂天堂
要有一點樂觀一點野不要害怕
牠說：「這個世界很溫暖
這個世界很光明」
不像那幢幽冷的民居角落
外面有一個鏡頭麻醉了
等待公務下班見女兒的四眼人類

那一日，牠在捕捉者的錄像上聽見最溫暖的一句話
：「幫我拍一張照，我要給我女兒。」
從那鏡頭落入盡頭（從槍口落入網口）
狒力嘶聲的問著，抓起牠身軀
塞入籠口的那隻手是誰的？
是誰的動物園裡裝著可悲又尊貴的人類

築成鍾愛的狒死家園

收錄於《二〇二三年台北詩歌節：詩生萬物》

她們喜歡在 hen 擠的車站小七自拍

她們喜歡在 hen 擠的車站小七自拍
練就四十五度角吸引路人目光的脫俗神技
花漾的特效框以及美拍濾鏡
用自拍神器平均延長世界等待的時間
每個人都值得擁有十五分鐘成名的光景
（to be or not to be. 她說
翻譯成鄉土劇就是
「啊不然你是想要怎樣？」）
而我想要關掉她們的光源
卻怕妨礙營業而犯法
那種物我兩忘的境界使人驚奇

她們喜歡在 hen 擠的車站小七自拍

有些人真的沒有犯罪

她們喜歡在很擠的車站小七自拍
研究各式各樣的人群作為背景
不美的都刪掉
太美的背景也刪掉
把滿意的放上手機桌布
作為友誼美好的具體象徵
看著人潮洶湧
她們的心情有年少清純滿分的悸動
拍一張是不夠的
她們一邊自拍、一邊尖叫
一邊蒐集各種人群睽睽的目光
有些背景叫作夢想不是職業

各種讓人錯愕的成就達成
有時候跪著也要拍到最美
才能回家

她們背對街友的乞行自拍
背對櫃台的店員擺個可愛姿勢自拍
那幾張實在讓人想捏死她們的臉
深覺她們看我的眼神
更像是我衣服上寫了社會壞了就是該修繕
包括那隻手機少了專業防拍
防止記憶體存入拍醜的照片
使內建審美裝置糟到破壞
敬請下載自拍交通預警提醒功能
搭配冷門景點引路分享包

她們喜歡在 hen 擠的車站小七自拍

杜絕站前十字路口、樓梯間、月台邊
以及車票匝道前等等
奇行種路線
教導妳們安全與不惹人嫌棄的自拍
就不應該安於很擠的車站小七
好好活著準備在世界自拍大賽群 HIGH

給萌欸

——寫給護家盟

我知道身為一隻貓
能死去九次的故事特別多
因為這樣
更要好好的保護自己
看著一個一個死去的人
如何死亡的本事
朕的戀愛好神秘，好孤獨
貓砂就該有貓砂的位置
你應該在上頭解決自己的一切

男瘦，廂孤。媽媽說
男生不能跟男生戀愛
朕是一隻貓不曉得跟誰說
鎖在深閨無人慰藉的靜默
人類一個個走進墳墓
而我還沒踏上婚姻的這條路
身而為貓
朕是不該用跪下的方式走完的

他們在單身動物園裡
最後展示自己的鐽子
而這些鐽子或許
殺過不少同類
他們躺在軟弱的位置上

說好好的
這樣就好
朕還是喵著朕的叫
沒有結婚的人會死
那不就還好我不是人
沒有人權

我好好的
就好好的
如果被傳誦成怪異的傳說
也是朕的屎濕

如果我只能死會一次而已，像那天
他們戴上戒指，唱些婚禮必須唱的歌

給萌欸

我對世界的戀愛要走到這裡停下
用柔軟的肉球蓋章
如果我是一隻貓
朕喵朕的
你必須懂嗎？
我像是人類的時候
反而是受到最多獵奇視線的時候
朕知道，這或許還非常萌？

他們反對一個人生活，反對
孩子看那些相愛的人自己的樣子
我是一隻貓
我也只有一條命
值得你去溫柔

如果我是護家盟

如果我是護家盟
我想導正你的法理情
辦一場全島公聽會解救你放蕩的軀體
踢斷肋骨時偷錄的非法視頻
我想給你一把勝利寶劍，一些真感情
一批鑽石之後放入的新歡肉體
我想引領一整群佈道者
要他們用最真誠的福音傳導
撼動你全身滿佈的淫穢惡行
我曾從那裡看見初夜瀝漏
我曾緊拴你子宮的內膜

如果我是護家盟

掠取同志性教育失敗的高潮
修法暫緩，我又開始抗拒了。
我想提撥二十年納稅金買下性器官結合的摩天輪
全全為了你歪曲的傾向
嚴正一如真男人他最強的硬物
我想陽剛你，我想陰柔你
把你的身體灌注友愛的心
放進每一本新約聖經並擺滿聖儀
我想歡交床第，在每一次文件上簽名，夾掉，任意拋棄
我想把婚姻做成海鮮夏威夷披薩
在十二月的夜晚分送給公園的同性戀
我想鼓顫所有青澀的性徵實踐活塞運動
在婚姻的見證場所實施戒指交換儀式
舉行一場莊嚴。一次辦桌。一門親事。

我想要一夫一妻的家庭，宣導九七二的危險性
在招呼時用肘擊飛踢將咖啡灑向肉體表達歡迎
以全戶為單位，嚴禁標語，穿著白衣
十字架和子宮頸
打擊性解放鞏固聖潔社會
每年等待，新耶和華主義者躲進聖誕節的小自製馬槽
食聖餐，奏奇異恩典曲，開放兩性親善交流團契
我將擁護中華。
鼓勵傳統！傳統！傳統！
鼓勵受洗與望彌撒與異性戀主體性
我想訪問一名受到威脅的沉默多數
問他究竟怎麼樣才能堅持不留餘地
穩穩守護生殖奧秘
甜蜜的家庭。

我再也不齒於同愛了
世紀末開始了，我代神來診療你。

仿寫自崔舜華〈如果我是文化部〉

要不要就一起加入漢人大家庭？

大選已經過去了
大選還會再來

好幾群外來人號稱民主主義
愛上一個族之後
不會計較他們投給什麼顏色
立法化十六個原住民族
一次擁有十六個以上的家庭
這樣的可能性，既多元
分散我們的方式
好合法又好溫馨

將檳榔放進另一個情人袋裡
愛一個人仍然可以很民主
（十七種姓氏也是ＯＫ的，
出咧！很有力）
學習不嚼爛檳榔
像對待票箱
將洩露秘密的嘴巴鎖住
讓我們重新開始裹小腳吧
就可以成為不跑票的一族
友善民族形象
留下更多，所謂更多元
更友善的臺灣
不會有人抓你的小辮子
再也沒有

要不要就一起加入漢人大家庭？
他說：我恨透你了
你為什麼升學能夠加分與補助？
你是不是就算只有十六分之一
也能註冊為原住民
拿那些錢去投資
不是原住民去住的山上民宿

你很白但還是真的愛我
你說我明明爸爸是頭目
但我說
我沒有了山……

但有了日本人的小七

和國家給我們方便的柏油路
這樣的大選已經過去了
這樣的大選還會再來

我失去祖愛的嘴唇
去習慣述說已被臺灣丟棄的臺灣
讓我們一起寫下
承認早已失去的語言
讓悲傷明明滿分不用加分
卻沒辦法充分補助我的笨拙
表達悲傷著悲傷
加分可能還贏不了你
但已足夠氣死你的忌妒心

或許不該讓你抹去歧視與刻版印象
更不該談加分或宿醉的人
因為比起那些金錢的誘惑
我們比較需要的是一個家
一個沒有失土過的島
一個完全沒有漢人來過的地方

大選還是已經過去
大選還是會再來

讓我們愛在一起漢人大家庭
將所有民族都納入原住民
讓大家都可以一起當漢族
加分更顯得無所分心

要不要就一起加入漢人大家庭？

更多補助讓人可愛
更多藍色的票
綠色的票箱
橘色的眷村
黝黑且不分食弱肉的島土
展現更多元的生命
而且我已經很誠實的愛你了
而且真的愛你

愛你的證明就在
就在血液裡揮之不去的自己
都不得以正名——

仿寫自夏宇〈要不要就一起加入共產黨〉

那一條槍枝引線仍尚未拉開身體的不熟識

——二〇二三年三月聞警政署新版獵槍辦法意圖禁絕族人使用獵槍及打壓狩獵文化

拉開弓弦
滴一顆音符
落入闃暗的礦井
遠山哨鳴
歌者的夜惋
浮著一片雲翳

弓矢在骨肉之際
繃緊身軀

那一條槍枝引線仍尚未拉開身體的不熟識

像要把一根肋骨抽出
如我欲山行
提起一把獵槍
我不製造母性
以尋找謀生的手段
對準遠方樹葉間的縫隙
像是你將踏上電扶梯
我的雙腳也正在不斷的前進

地圖上滿滿的彈孔
並未繪製在等高線的土丘
有些人還是沒有名字
或沒有被看見
像是毒氣消散

傷害沒有消失

民主天使說祂有高尚的大能
而我彷彿仍站在歷史面前不識
生產總值的枷鎖對於社會算計的
心內難以加減乘除
根號裡的加分
猶如祭司與巫
告誡我必須我相信夢
不相信太多餘的想

走向遺址敬告山靈
我打開搜尋史料的引擎
用無聲的方式穿越一九〇三

收起槍枝、弓矢查看手機
收起對立回去看真實的對立
假裝戰爭未曾發生在新聞報刊上
如一隻鳥
隨占卜結果飛去博物館

相信神明接過米國的炸彈在一九四五
為了能使滿滿的愛湧現
張貼在一九〇六、一九〇九的日本旗上
那一九一八—一九二六年代四的愛情——
終於還是被理蕃道路取代的獸徑
多得像是鐵道石碴
和殘缺的彈殼

又是那位違法的最佳男主角
走出歷史課本的國家特赦
走向新的劇場角色
他和弓矢槍彈分離了
說著：我愛湧現的愛你了
可是隘勇線礙我的
從來沒有隨著繞上繞下
據於山頭的煤炭火車
回來

那一條槍枝引線仍尚未拉開身體的不熟識

他拉開弓弦校準
身軀的緊繃
滴三顆酒落入闃黑
從先祖早已離開隘勇線的他
仍然感覺到遠山嘈雜
歌者夜惋柏油路上
傳統式的疑惑越發漫長
彷彿種籽仍飄流山中
人聲未曾落在平穩的地上

以後經過

——記二〇二三年十一月十五日馬遠部落布農族人至台大抗議要求遺骨返還

他們把水流截走
告訴族人以後用水
要付錢
經過，也是

他們把骨頭挖走
告訴族人以後贖回
必須，經過
重重程序
不得要求賠償

重新整理遺骸
不得要求 DNA
試驗，返還
以後，還要研究

所經之路無法打開
已經沒有攜帶武器
僅餘的歲月放下姿態
一身傳統服飾和冷風索然
有人在門後帶上訕笑
有人說校園必須安全
即使只是一群老人家
在走路、大聲一點說話
舉起布條走路

以後經過

在台大校門之外
用身體告訴你什麼是從未
數典忘祖
「警告！警告！行為違法！
行為違法！」冷靜，內有骸骨
沒有學生證不得入內
標語尚未審核不得入內

部落的老人家來自馬遠
要走到台大好遠
就像山上時常被水流走的路
家人的遺骸
不知何時才能走上歸途
從奪骨之人口中的「愛國愛人」

回復他們應待的家族
有時候只是要一個真相與答案
好好入土為安

二〇二三一一六
今日雨水一直下來
我看見媒體的髒口水
這次也沒有乾
警察雙手像要流走什麼般
把族人一個個推向學術的自由
自由的遺骸蓋上不自由的木箱
如戒嚴時候的台大校門
是否同一扇
民智未開

只是想要完整生命
只是想要遺骨返還
只是想要一段學術歷史犧牲下所須的一點點
呼吸能夠回來
只是想要
想念在自己部落的土地上

他們把骨骸挖走
告訴族人
以後，來看
不用付錢
畢竟「讀書的意義
在於造福人群」以後
經過台大，也是

可以探望
遙遠的家人
很多相聚時候
如果還有以後
族人還會有什麼樣的經過？

輯三：沒有山來答唱

一如我到八煙聚落並不是為了打擾他人生活

——致城中街二〇號紅絲線 text apartment

我希望城市眷顧我的存在
一如到每座城市落腳時
尋找獨立書店的影子，那裡
有它特別的印記以及讀者翻譯的秘密
讀書店的椅子
讀牆上標語及斑老的漆落時
如絮雪的影子
讀顏色、光影，記憶的氣味
存取不同的方式
你是否也可以是另一個你

你是一個移動的容器

請容許我拍張相
偶爾勤做筆記，如果可以
我不用眼睛去看
我聽風在這裡齟齬的聲音
還有濕氣的居留量
如果有雨
我會記得門開啟的次數
以及傘打起的招呼
我會告訴自己停下腳步
看一眼是一眼
要他們保持原位

以及原味
櫥窗裡的玄米茶或許已經過期
老式檯燈在桌上復甦
復古車縫機不再旋起
但聲音彷彿收錄在它的木紋中
播放不停
如果你覺得一切都是錯覺
一切不斷流逝
我想你也是懂得旅行的人
懂得什麼是朝聖的意義

或許有人說那不是朝聖
請把它當成家的樣子
這裡的昏暗屬於每一座燈

它們相伴有時，有閱讀的海
須要指引，離聚有時
花盤上不曾擺放食物
但彼此送行彼此時
桌上不必用餐禮俗，必襯上
幾支乾燥花
抬頭看一幅畫吧
並給予一首歌，陪伴
一隻鸚鵡
如果牠開始說話
話的形狀
應是幾何的美麗形狀

希望流浪時翻開的書
會是喜歡的樣子

致誤入夜市管理公司文書工作一個月的我

夜半時分，秋天
打開電扇和電暖器交流溫度
循環螺絲鬆落沒有接住的細膩思索
扇面一直無法控制朝上的議題
移動風的曲折呼吸的不夠深
兩台機器互不干涉的訴說
對話於我而言難以開口加入
白噪音掙扎。外邊從世界外邊接軌
隨機掉落在屋簷
雨星開始游泳，是鄰居陽台墜落的枯枝
貓耳朵跳躍在黯墩間

致誤入夜市管理公司文書工作一個月的我

肉球與指尖觸合的搓塵聲
假期墜落
淋予預借申請失敗的螢光記號上
每日的上工時間已被借出
假期事先讓渡
預告成為罐頭的步數
你蜷縮避開房內蔭淤的人工雪花
犯罪預告藏在肺部焦灼的病兆提前白化的海洋

和母親對話中斷——
日常，沒有報備的擅自走過來
單體午餐，涼拌小黃瓜細麵
7-11 沒有素的。所以全家便利商店
信息中，月食帶走電影數度修改的片頭

消逝虛度或放養人潮的週間確幸你想她
廢話，像抽水馬桶鈕上的告知你想
大小貼紙。你或許貼在牆上成為藝術
指南。某日在此處駕駛人體汽車的人類
會欣賞會看。人間事她總知總知
勢必遭受一回怒訴的訊息干擾須知
會議室櫥窗奇異的斷句窗外招牌
離職同事的斷章小說被巨大規模的經濟怒意捻熄
若某場講座名稱刊印在美感失靈的廣告單上
張貼荒謬的用詞
想念那位即將取代你的助理她
感受堅決離職決定後的三分鐘
你在此地已沒有時間念想

他又把裁切紙張的虎頭鍘拿進拿出多次
偶爾坐在經理辦公室。整理一些
沒有自己辦公桌的名字，虛度文字的基本工資
他又把隨身碟交給同事抽取列印文件的同時
曝露投稿文學的興致。賞味期限外的陌生讀者
未曾過問，僅是重複狐疑的答問：
「是哪一個檔案要印呢？」逐漸不陌生
又讓眼膜和檔案名稱互相謄寫身分一次
有好幾次細微的可能，就被讀到書脊未來的名字
護貝多次貴重財產與設備標籤以後
卻遲疑是否要問：「能否封緊尊嚴的影子？」
在意是否鍘得頭愁那邊邊角角的敘事
飲料杯封膜機早先會錯意的作動

那些無聲的蟲低伏在海岸的沉靜墨色
細數星仔落入池水和倒在公園噴水池子裡的氣泡水
匯流無數無可救藥的羞愧
浸滿機械幽靈的全身
鄉野潛伏在眾往盈來的刀針
委靡的潮水把箴言兌去鹽份
乾癟活著，或許
夠適合的
便更長久活存

復返

——悼F

它行走速度
不似任何明朗的人
見過與不見，或寫在書籍上
進入我的夢中
拉長遠的——字跡
有所餘音刻鏤
離去的反義不會寫作離來
短促出現的模糊
身影未曾複印
套上的西服

此刻完好

它挪出一張椅子，或揭一扇門
叼著抽著半根漸逝的菸，散落耳語
易碎的聲音在外面走廊上重新嘈雜
滴答滴答，抵達白色世界
落入新的墨水匣
在黑色的記憶裡安息
或許更好被寬恕

使用它從未使用過的工具
可能的故事被鍵入
沒有出場的安排
與旁白對話

復返

一部默片老老
一再如潮。老舊的同時代人
相繼消逝在報中與火
器物在舊置物箱裡生鏽
以氣息運作
空調蔓延著風軌沾灰的聲音
出框的台詞泛黃參雜
冷重複放送
身體重複動作
醒來的我總是——
想不到最後那口氣
如何的發出

關世音

若三世有不知人疾貧苦
願坐為一尊關世音菩薩
於層層的門府中參道
究竟涅槃

願化作一屠夫、野人、怨婦
清早五、六時分時時刻刻守候門堂
舉起泣血的標語與生存工具，坐或站
遍佈在人行道與路口
乞討您稀薄的道德與神權
大覺者精煉的法語

或者躺平作為您修煉的苦路
你將踩過我們苦難的身軀
為我們示現高 EQ 的傳授
何妨左與右臉
此身皆允肯仇敵凌虐
並以警員的防暴帽遮掩
你儘管面露苦愁在拒馬的另一邊
是一面高牆的另一處佛國
心無罣礙某市長的不丹、尼泊爾

你腥無雜念、無奸不摧
此生作為一名幼稚園教師
為未來的未來而努力
轉身之後深怕無電而選擇以核為貴

你深怕膝下有子
且子真將進入千世萬載的近未來
在家出家，對千萬個黑鏡常唸阿彌陀螺
化身千千萬萬個你
你千千萬萬個眼耳鼻舌身意化身的帳號
為人生祈福無災無恙
無所良心不安
你辛勤社會
作為善感的計程車司機
為乘客傾聽每日哀怨
最後一班乘客到家後
故事跳錶一次成為一則笑話
你以地獄為家自乘客的話語中四海流蕩
啤酒、菸絲、泡麵配著社群網站

關世音

將陌生人的枉事用以開釋寂寥網民
作為最效率的佈道
匹配趕車時最高檔的技速
示現如何自底層哀極生樂
工作時常愁著沒有故事
下班後將吵雜的收音機關閉
今日逝今日避
今日依然沒有衝進總統府
或者以白米埋製炸彈

某時半刻你曾作為無可為之
偶見社會新聞的大學生
思索轉世喇嘛如何授封的疑問
赤土的西方極樂世界早已研究成果

5G何比天眼他心通
當知是人不撈一民二民三四五民所攢善財
已撈無量千萬民所攢諸善財
披上進口最高級材質袈裟
佛將浴於機戰
捻火蓮開
人人防疫皆於火宅中就近孽槃

現世無道
心懷一位慈母的心思
家事閒餘真羞實煉
坐於蒲團恆常持念
每夜睡前呢喃：「常唸阿彌陀螺，
常唸家家關世音菩薩。」

關世音

你是一尊降世久佇人間的菩薩
你是每一位修己不顧人間的
關閉世間聲音的菩薩

答陳黎

——擬白浪民歌

1. 取

不要問我從哪裡來
我的故鄉在橄欖樹
橄欖樹，換幾粒樹果榨成我
油籽他芳
他們的檳榔香是他們的香
我就來了，其實我並不知道
砲彈換一座島
鑄炒新的鍋

換了什麼香料？

2. 挖

心結歸丸
去那特別彈丸的蓬萊
去那特別美麗的灣灣
什麼時候沒有人點火？
剎猛打拚
怪手在島上竄來竄去
什麼時候才有山停下來走
什麼時候才有人停下來走

3. 污

洗衣，要來洗衣
流動晶瑩泉水
滌過小溪
洗衣，泡沫洗過小衣
顏色隨小石子滾動洗溪
要來洗衣
男人流了汗要洗衣
告訴她洗衣的事
不說話，把他的心
丟向溪底，沉暗流漂離

4. 流

紙幣跟著身體
齒輪跟著日曆
風景跟著郵差
漁網跟著命
身體跟著紙幣
淚跟著紅海棠
死亡跟著煤礦
祢跟著我

5. 徙

哪樣我們歌唱
哪樣我們歌唱，比較慵懶，在異鄉
哪樣我們歌唱
哪樣我們除草，比較慵懶，不卡痰
哪樣我們歌唱
哪樣我們變老，比較慵懶，不流浪

神木

——致敬高一生

鐵蛇繞越山麓
深入特富野的園籬
壯偉赤足不再行進
迸裂的阿奇里斯腱
「健康勝過一切，儘管那些
白銀、黃金、寶玉相勝千萬數，
抵不上兒女珍寶」像一道雷擊
劈岔神木與山腳路
流失的遠方神喻
傳說你們務必記得標記

斷足的春「妳記得這一首歌吧！
能再有家和土地的話更好。
家裡有許多堂堂正正，優秀的孩子，
物品讓人取去也無所謂。」神
請用僅剩的木槲蘭種籽寫字
土和語言以及古老的歌將要盛葬
遺書寫得長久的人
罪已贖成一棵赤榕樹

「我的冤情日後必會昭明」
我失去織衣隱蔽的裔族
紀念日裡寫不出好故事的時候
不必試圖說出更好的解釋
平安生活「在縫紉車被沒收之前

我特別想穿妳縫製的衣服。
一件白色的襯褲（冬天的
一些物品不衛生）像短褲
那樣附有繫帶，下面
是西裝褲的樣式，
白色的方巾（四尺
左右）一條」將奢侈的快樂
一條條擲入神的火塘
以茅草焚盡，埋入坑洞

旅人巧奪飾冠的山國
被沒收的古道
充滿迷糊與謎霧
易獲更好的生活之先

家屋破敗的竹與杉木之後
命運成為失群的動物
陰暗中的嗓聲聲訴說「田地和山野
隨時都有我的魂守護著，水田
不要賣」Hamo、
Nivnu 以及親愛的歌
隨鐵蛇又繞越山麓

鄒族菁英高一生於二二八事件，寫給妻子湯川春子的最後家書，其子高英傑於二〇一三年十二月十日人權日紀念音樂會中贈予國家人權博物館。
鄒族的 Hamo 神與 Nivnu 神。浦忠勇：「創造神妮芙努（Nivnu）造出宇宙萬物；天神哈莫（Hamo）負責管理宇宙萬物。」

路過神山

還要翻過多少山頭
一條淺淺的路才撥開野莽探頭

祂的雨已查無下落
我不知烏雲的去向
畢竟人有人的方向
魂有魂的落魄
潦倒什麼沒有料到的人
（料到什麼沒有潦倒的人）
若時間有節拍韻奏
我想當一只休止符

在土石降落鄉野前的一瞬
跨越，休止於文明還未擲入幽境的時刻
休止於山稜仍在聳立巍巍的深閣
休止於郊荒地帶
誰也不見你我以後的民族主義讓讓讓讓吧
讓風景照片輕輕竊走

或者想祢是個羞於哀愁的靜物
路過以後，喪志，拋棄玩物

早起才在幾個山頭翻過獵獵的風
別閱讀方誌、測量部落
往高處走
體溫失調的語言很多

路過神山

幾個年輕人被山脊緊抱時
祢坦露傷口

深深的路一條條開過原本是獸徑的被土
頃刻，敗壞，山河洩漏
那蠻風野雨襲來

一綹稻穗如何繼續保持沉默
別問我

想像原住民

一首詩
使用族語作為其中元素
將族語作為符號使用
單字成行的祭典
無法放入句中手牽手
沒有辦法逆反漢文法中
族語成為孤單的語族的狀態
我只想向文學獎提問
如果你說你的海洋在東部
浪費了幾個波的時間懷揣
都蘭還是馬蘭

姑娘告訴我
想像的浪
漫漫如西部的漂流木
寫信告訴我今天的海
是不是也失去顏色
你的語言破碎你思維
的流離
的網羅
何必老是喜歡問候他人祖先
把感動放在流浪別人
的感動

海祭並非賜給屬於祖靈
與族人名諱的「東西」

儀式與生活
海與土的相連有族語的記憶
和人觀的牽動
palaylay 並非成年禮
向誰展示年齡先後
來到部落近處海岸的懷念
不需要幼體化一個族群
懷念，可以懷念自己的年紀
徬徨或許還不到收穫的時候

擬以一首詩的 mipawsa' 到底敬奉誰？
要如何向 Mekesi' 提問？
擺出提問的動作
就能視為提問？

族語族語族語早就在那裡
族語族語族語種在不同的土地
你們是你們
我們是我們的身體

你的族群有自己流浪的故事
或許也曾讓族人的祖先流離
提問讓海跟著湧起
答案要族人的祭場給你？

讀後山文學獎〈向 Mekesi’提問〉怒而感嘆

太難

有時候學習「文化識讀」
難免試讀時感到困難
放棄
可能所謂族語言的隔閡
可能所謂族群語境不去
有時候進到突然
可以柳暗花明不用像課本
把我們生活給註釋
像奧運時突然被注視
像每逢大考被注視
像外人在祭典裡只穿內褲想要被接受

太難

理當友善告訴他們
語言很難啊
自己也讀不是很懂
族語沒會說幾句
有些查資料可以找到
有些族語E樂園無法顯示更多

評審感到閱讀困難
祖先或許能懂
我想祂也會說：「太難了
我看不懂啦！」
思索困難處境
優先順序
嚐鮮舐毒

族人朋友告訴我
也許「開個原住民文學
評審增能課程」
我心想不可能
我們當初學會寫漢字
說華語
並沒有特別找老師
並沒有特別感謝與虛心接受
因為所謂義務教育學校都會教我

（請翻開下一頁，繼續試讀……）

文化人

「對你已生親密，就是我對自己仇敵。」
——致認為「種族歧視玩笑是該認為受害民族心思狹隘」的人

學習你們的語言
用你們的語言和文字
用以殺光他們的自尊

忘記自己的語言
能得到自尊的通行證
告別卑鄙的出生
關於我的教育
就被譽為教育成功

我們默默成為
自我民族的間諜
所謂菁英文化人

文化人將彎刀拿出來
切割語言
分類裝袋
向山脈
再割取生活的歸赴
使其覆血能榮耀父母
不見血流
便感到屈辱如注

現今的刀具規格統一

華麗而無痕閃閃銳利

而血充滿虛假
或許家人就是敵人
更可怕的是
我們都是一家人
連敵人也是家人
「別分那麼細，
我們就是你們。」
那你還要不要在一起？

歧見與礙誤
隨他們定義
望向眾生的愛物慾

「以何為秤砣大言平等？」
窄門內天堂的寧靜
人們看見稀有物種的牧園
之中隱隱修羅的獨居
一念即坍崩
「他人即地獄。」

不能一刀將其斃命的獵物
將脖子洗淨後
虛假的實象一一現形
裝入袋中
活著的決心
已比拾級者微稀

殺了我
對你已生親密
就是我對自己仇敵

肢解一隻烏鴉的方法

肢解一隻烏鴉，你需要相信
相信時間會帶來認知轉移
顏色黯淡的天空覆蓋乾旱的產季
在田野倒塌的稻稈上追逐穗子被搬離的形跡

你相信犯人的血是黑的
吃起來必然鹹澀
即使你並不曾剖殺過任一種動物
即使僅曾挑下自身的死皮
讓血自細小的痂口汩出一小片豔日的漂浮不定
（像傳統市場在日出前宰割的雞脖子

肢解一隻烏鴉的方法

你為其疼痛而感到安心
在凌晨，疊起如雲擱置在山頭般的羽
正巧是風景，日子你都熬過了）
滾日而出的河流你喝過
湯水像極犯人初犯時心腸的悸動

即使你剛好不曾肢解一隻烏鴉
你並不理解牠存在這世界的結構
與翅膀能飛行的原因
你說牠有羽便是惡魔的翅翼
你說牠沒有身為人類任一的特質
是隻尋常的獸
我為此感到惋惜傷心
（即使，牠早就已經死亡）

我從那種狂獸般任性的隨機
讀出這亦是人性
像是過去職場所認識不同理人情的老闆們
學校不諒解難處的老師群
或者路邊操一口難笑笑話招呼的司機
從那些人的話語中發現
你正是被肢解的烏鴉

你說，肢解一隻烏鴉
需要時間相信自己能相信時間
老獵人告誡你偷食的是隻山貓
但正好看見最後來到的是烏鴉
你認為語言會欺騙
選擇相信雙眼的記憶

你說肢解一隻烏鴉的原因
不外乎牠認識死神
不外乎牠傾信厄運
牠會偷走你兒女與所有飾品的閃亮
或者，牠知道如何把噩夢放入你的身體
鳴叫聲能荼害生靈
牠覺得一切命運莫非就是迷信
就像你實行過在你自身之外任何可能的肢解練習
你以為曾是受害者都可以
都可以置身事外的諒解
對事實儘管相信

聞永久屋為滲水所破歌

磚瓦疊積風雨的小窩
若 wawa 初生的 lima
都能頂落的天空
久未出聲的黑白琴鍵
彷彿白牆裡旋起黑鐵絲漩渦
屋中滾滾而滴鐘乳色可怖的隙雨
灌漿師傅測量地基下陷的深度
雙足跨越屋旁兩端溝凸包夾著無助
溝中漂流一片片枯葉
像年輕人揹包離家弄髒的卡其色

聞永久屋為滲水所破歌

滲水淋著輕忽災難的溫和尺規
久遠的暗溝裡彈起水鋼琴
我聽見伏流中一一出聲的建商
偽慈善家們在雨霧中低鳴
意欲遮掩誰原來的不可愛
做誠誠懇懇溫良儉讓的住民
讓濕度持續闊綽口袋怪獸

雷射水平儀、混凝土
土與水混生的薄命
默默凸落的壁灰
像島嶼邊緣多餘的肉粽
雨隨柏油路向下流動
族人也向山下運動

至山的那一邊往城市流
誰語：那裡的土地是否還有河流？

流浪的 wawa
在山下滯久學會求生的新語言了嗎？
為何聽聞同學說你是個烯環鈉？
為何你的落地深根是把自己年輕的靈魂種在地上
同學手裡那支錶上的時間還會重新動起來嗎？
天上的 Mayaw，不說話……
地上湯英伸們的心依舊沒房家
如果這土片地原是共處的家
怎會是永久污的永久誣的令人永久搗起臉龐？
直視陌生眼眶：
「鄉愁，不是在別後才湧起的嗎？」

聞永久屋為滲水所破歌

流浪的 wawa
Mikapot kita misi'ayaw to kafalic no miheca'an.
如果你要離開永久的家
請和蝸牛一起流連情人的眼淚
雨後祈求一個屋簷下
適合人們作白日夢、換工
戀愛成婚、多元成家的他方
不必永久，只需足夠生活
惦著教你走路的獸徑和老人家
看著海洋無止地敲打
不忘記你不只是撒出去的鹽巴

Wawa。阿美族語：娃娃，孩子。

Lima。阿美族語：手。

烯環鈉。「死番仔」的台語諧音，指二〇二三年四月二十八日、二十九日之台中一中園遊會學生擺攤之「烯環鈉」事件，臺灣原住民族受歧視與刻板印象的現象至今仍未消解。

Mayaw。阿美族語：月亮旁那顆守護的星星／星星。

「鄉愁，不是在別後才湧起的嗎？」引用自陳建年《鄉愁》。其歌詞編自卑南族詩人 Agilasay Pakawyan 林志興同名詩作〈鄉愁〉，詩句原自於一九九一年詩人自印詩集《檳榔詩稿》，後收錄於二〇二三年晨星出版《族韻鄉情》。

「Mikapot kita misi'ayaw to kafalic no miheca'an.」阿美族語：我們共同面臨時代的交替，引用自 AZ 李孝祖《火花 Fitlik》歌詞。

輯四：你的揹袋讓我走的好緩慢

洗衣工

每日反覆琢磨，老去的抗爭
像是反覆搓揉眼睛，將要遺忘的文字
洗出泡沫，洗淨塵世的病菌
書頁斑黃，業餘的讀者
接觸新的座椅，舊的對號
都在慢慢長出一層新繭
偶爾撕去。長成一個大洞
坐在誰的背後，像穿著一樣的囚衣
面對車窗，車窗與車窗對坐
南下北上的冷風可不靜默。
生活下去——

洗衣工

在文字如蜉蝣的時代
一朵不知何時冒出的曇花
撒向天空的種籽
把握時間想長出自己的聲音
一層一層老繭包裹的心
藏著可懼的面目
為了無形有形的事物改變自己的型態
為了身分與際遇尖聲高昂誰的人頭
掌握著誰的歷史
聽與不聽都好
在他人眼光下的耳朵
把聲音的影子
剪成自己的包裝
畢竟才二十一世紀初而已

仍有人在疑問著過去的錯誤
為什麼沒有在過去解決
卻質問現在積存的污點

每日返工於每日返工的夜深搭乘的大眾交通工具之間每日上工的每日上工遇見時常臨時
請假的同事離職以後再也不與你一起聊那些人生的髒污

你像投剩的投幣式洗衣機用的零錢裡不能用的一塊或五元
都在默默堆疊一層老繭的手掌上
計上一筆道聽而來的帳
帶著一顆萎弱的心
與髒衣服走到更遠的地方
也會有人問你還纖柔嗎？
我想只有一種答案百種問題

洗衣工

慢慢長成，慢慢行走
持續凋落——
釦與鏈成串都可結成枷鎖
淪為生活的重心
每日長出一層一層的繭
你說還是要生活下去
替已離開的人
直到洗去所有還未消失的錯誤
生活下去
就像你以為自己
有一天能夠上去

西部來的人

之一　石卑

村口的碑石靜默
裡頭住著僅剩言語的喪屍
從窗璃的破口投入
想看我的顱盆能否濺溢
一些構樹皮寫成的詩
與單石的和鳴忠與勇

作祟者的看守自門縫中窺視我
是否正瞻望外來的傳說

雨中的靈與巫師對坐
對峙的劇碼
最後的耆老在山中消失後
神聖與不神聖的
雨季，皆靠攏海岸邊

當神山有了護國的傳說
雙肩環抱颱風的內迴圈
愛或許是種無情的政治干涉
要你記得獨裁者之死
將獨裁傳唱出浪漫
當國家在你面前東番主義
是非良善都只是幽靈
他們造神

而神愛世人
世人只得膜拜重造你身的人
以民族意識
忠孝仁愛信義和平

我的揹袋出生前就斷裂了
死在十字路的土底
那裡的石頭記載祖先模糊的氏族名
殘存獵刀與獠牙刮糊的祭典時節
假期總在外地開花
山與海不容許獨自芬芳
祭不得，可能都是因為豐年

之二　碑情陳事

牴觸之心長出山羌的角
和飛鼠夜行的皮
戴上城市來的眼鏡
遮蔽角鴞的眼睛
被時間與生活狩獵
獵人的獵槍不能響鳴獵場
但法院的法律可以成為新生活的祖靈
在海岸割裂好幾道傷疤
（杉原灣、比西里岸、卡大地布、
利家、南田……）人們開始坐火箭離開
抵達 Cidal 的那端
不聽族語的耳朵，太空了

族人的呼喚已缺斷

向死與亡者之間
村口的碑石靜默
部落的名字 Sadida'an
迎風向水田路走向金剛山
殖民者所記載的阱陷裡頭住著僅剩言語的喪屍
和別緻的行政區名
我擅自從墳地挖起大批泥巴
發現祂長的像我孱弱的心情喇叭

我望著遠方
家家戶戶紛紛脫手田地至城市
遺留來來去去黑色的車與白色的教堂

稻穗裡包裹著恐惶與咒罵
祂說憂鬱是因為不知祖
在何方的碑石留下
回聲返來也找不到方向
畢竟祂只是地上長出的眼睛
能張開也說不出話

Cidal，阿美族語，太陽之意。

Sadida'an，阿美族語，滿佈泥巴之地。屬長濱海階中的上田組，明治三十二年（一八九九年），日人賀田金三郎的「賀田組」在這裡承租土地，招八里芒（今東河鄉興昌）的阿美族人為佃工，墾地種植甘蔗。後來賀田氏事業失敗，阿美族佃工仍定居於此，而形成上田組與下田組二個聚落，前者靠山、在頭庄西北方，屬忠勇村，後者濱海，位於長濱「尾庄」西南方約兩公里處的台地上。與上、下田組同為長濱海階連接地域的「田組」則有噶瑪蘭族與阿美族混居的聚落。

不在之地

總是要抄襲昨日走過的路
在晨霧中重複呼喚陌生的家
半路找尋不存在的分身
問我時間，為何總是放棄原來名諱？
為何村口違和的水泥拱門名為上田組部落？
Sadida'an 的母親說：「dida 是太陽出來了的地方
Cidal 的腳被 dida 給粘住
光明複沓在土地上
Sadida 哪裡的泥巴會粘在我腳上
那裡就是我的家。」

Cidal 越過海岸山脈的背
從老家背後的小耳朵聽見：
「Sadida'an 位於長濱海階上方，
北倚都巒山層，由西向東傾斜。」
——資訊網的電子音如是說。

這裡水田一一廣布
還不到那一句水田不要賣
或許將之視為喚醒的方式
或當一個能被喚醒的人
一種還愛聊天的文字

dida 上的老人家點播 089
用部落的嘴巴告訴我
幾句陌生日文的借詞族語摻雜台語

用我學不會的那一種什麼都會種的聲音
96.3 對於政治議題總是消化出不良反映
海是要多聽一切上帝的福音
還有農會來的年輕人發敬老金
狩獵部落的工作夥伴
有些時候紅包比三合一（的我）好溝通
在抵達靈魂歸所之前
即使文健站的預算跌倒還是要多編織一點躺下費

月亮七點
精神的播種祭
隔壁家族過年宗親會歡欣熱舞
座前的父女淺淺對話：
為什麼我們沒有唱族語歌？

「不行。
我們只能唱
教會的詩歌。」

西部來的我思考著
那是否還能視為文化的另一種傳統？
走在村落三叉口休止找尋的腳步
牆的時間斑駁延伸至十架教堂
彷彿規馴著正凝視我的神
金剛山下田野青綠
那我不被種植在此之地

sadida'an，很多泥巴的地方，行政區：上田組。
dida，黏土。

在我身體裡的那座山 Talatokosay A Kapah

sadida，黏土會黏在腳上之意。

cidal，太陽。

剝裂自己時須先進行的儀式

須要再次復活
傾聽屬於我的山洞，以母系的語言為回聲
回應一再未癒剝蝕著的竅穴，得以拯救
汩汩流動著，你問漂移的上游
如何去尋覓源頭
而你還是不會懂隱匿的記號
指望你的，像後敞褲開放雙腳
走一條拙劣且孤獨的荒徑
研究你的語言如何發展悲傷以及
實踐移居索地的行跡
從家鄉的角度告訴你事件的發生是假的

從刀鞘中滴落的血認定煙硝處襲吹而來的風
前往的方向來告訴你
還有家但無法前往，無法探望
只能在返還在攀登未盡的山
做一個灑酒的動作

然而我們都是一家人，故事是以此起始的
你不必特別去尋找曾經，他們說已經給你
那些故事消失都有足夠理由
再一次回答，你沒有文字，沒有可以記得的姓名
以及正確且健康的咀嚼方式
憤怒時反芻自己的血液
像是僥倖逃入山洞的人
以壁畫沒入寂黑

沒入琉璃珠的雨後
情人的眼淚輕巧留下你

讓土地的包容我的罪
祭刀的記憶是待磨的鏽
它善於遺忘苦痛
總是把我的舌頭切開
取出神話放入刀鞘
我勉強從清淺的溪流撈上語言開始
學著傾聽篝火

測量揹袋口的寬度？

或許人都帶有原罪
將紋面黥上罪行
出草稱作斬首
在傳統的領域內尋找領域
衣不蔽體的輿論又何妨？
有人盜採木石
有人因應生活而取
而誰又判決了誰的僥倖
誰的民族又在舞臺上詮釋
民族了民族的合理性

測量揹袋口的寬度？

大海是冰箱，山是家園
部落，高高抬昇的文化象徵
卻不落在土的質地上
博物館、展覽場……
商人寬鬆口袋、劇場寫手
廢棄教堂遺忘的告解室內
肆意竄改文化的形狀
勝利者的文字失去裝得下感謝的山海
文學成為一種國家不請問的教誨
試問從學校填平為露營地與礦場的山
從冰箱改造為工廠人造肛門排廢的海洋
忘了野葬中走風的人
無盡的海洋衰老的海人

望遠鏡無法辨識真相以後風便未曾下放過
一座座國家公園重新上漆的故土告示牌
一層一層掩蔽老人涼椅長坐下陷的泥土
於教科書裡虛置生活
紀錄照上種植樹群
時間終究不在自然中長出重量
走向被掩蔽的深淵探問
生者時常幻想亡者
亡者在深淵凝視著後代的部落
那尚未織成暖被的苧麻
尚未生擰出疼惜情人眼淚的藤芯
樹可以變成樹
變成木頭的不能再長成一棵樹
如何測量揹袋口的寬度？

測量揹袋口的寬度？

用漢人學校的語言測量文學
用教師看著你的雙眼猜疑生活
用時間帶走的文化去比對，或者
你無法使用（的族語）與言說未曾體會的神祕多數
以部落研磨的眼睛凝視城市裡流浪的一半人口
一把工業尺用山海的眼睛觀察篝火即將吐盡的火星
深度、精度、長度的測量？
對於城市虛擬心靈的寬恕尚存多少含量

虛晃的春天挾持了果實問：「你還愛我嗎？」
已失去所有葉子遮掩的老樹說：「檳榔交出來。」
纍纍的子彈正好掉入陷阱般的揹袋
未擊中少年獵人腦中維持的煩惱

在我身體裡的那座山

Cecay、歷史

在 Siraya 與 Kebalan 還沒走到石坑山
海岸一直往山的東側靠過去親吻太陽的臉
天晴時，西邊的山崖秀出白髮
猩猩露出顏面的深邃
溪流是牠在雨中洗澡流下的水跡
一顆顆單石與石輪鑲嵌在村落矮房與石墻中
遺留古時候殘存的記憶
像 Pikacawan 面色不改的守候佇立
Kakacawan 的人用拔黃藤的力氣

在泥巴地耕造出金色的海洋
暮落來臨
我摸黑尋找年祭消失的原因
古老黑山與紅藜色交錯了命運
十字繡紋跳起歡迎歌舞弄二十一世紀
手中的小米穗結籽成星星
如露珠是洪水後裔
後裔的情人　眼淚汩汩在坡地邊滾動
染紅的雲群隨風飄向大道直達太平洋……
也在我身體裡成為故事

Tosa、行走

耆老輕訴著……

「行走要像太陽，心要像月亮謙卑守護，
兩者並行，才是一位阿美族人。」
我試著當一位採集思想的阿美食家
沉默割除漫佈的荒草
向山靈打招呼
在水田邊做 Mipurong
累的時候搓搓肉桂葉抹在額頭
祖靈會叫醒你的腦袋
將檳榔鞘葉折成凹形
山萵苣、羊奶頭、野莧菜，一隻山雞加些許刺蔥
葉底擺滿麥飯石與溪流的汗
酌一杯萬壽菊、黃藤、過山香釀製的酒
太陽很大　突然想和風雨一起 Pakelang

Tolo、在路上

風雨猛烈拍打茅草屋的梅雨季
想起仍有寡婦吟唱祈雨歌的旱地
再再想起柏油路覆蓋母土
悲喜紛雜生出我的那時代越來越近
城市像藤叢般強悍的隨地盤生
我想當一台割草機以嘴溫柔狩獵
以舌辨識城市與部落中不同的阱陷
以嗓子發出燻火的熱烈與大山的峻竦
向禽魚鳥獸學習四肢的運用
攀爬書寫秘密與祝福：
「Rayray ko to'as a lalan tayra i da'oc.」
是每一種存在中的眾神正在圍舞

在每一座 Taparo 頂上唱起 Radiw
黑暗中一顆顆汗水與呼息凝結成琉璃隱隱墜落
是一支發光的大冠鷲羽毛在構樹上巧落
古老宇宙瞬顫起微緩卻永恆無止的漣漪
那美好夜晚不斷告訴我：「張開嘴，就是路。」

Siraya，西拉雅族。
Kebalan，噶瑪蘭族。
Pikacawan，瞭望臺。
Kakacawan，長濱舊稱「加走灣」。
Mipurong，舊時阿美族人結草佔地所做的標記。
Pakelang，阿美族人婚喪喜慶、勞務之餘，慰勞及聯絡情感的活動。
「Rayray ko to'as a lalan tayra i da'oc.」意指「循著祖先的路，直到永遠」。
Taparo，獨立的小山頭。
Radiw，歌或是歌聲。

羽冠

我初見一棵樹
從地表低微的初源萌發
長成的終末
枝椏頂著綠茵
像是發光的羽冠

從埡口瞻望老樹的輪廓
將身軀蹲至半身的時候
開始挪姿擺手
彎腰下甩
左上右下

擺手像迭宕流蘇
猶如摘拾野菜時
看見自己小腿繫上的綁腿布
從趾至膝漸漸的漶漫大腿
在逆迴的河湍中苦思
後敞褲含蓄著片裙底洪荒
古老幽索的溯流
海灣藏在隨舞隆起的背脊

凌厲的腰身
彷佛晃蕩著整個宇宙的軸心
祈求雨，祈求漁獲
鄉園的豐收，在野叢中待獵
最後的舞，什麼是從一切皆無

羽冠

等待降臨的巫
你的心內總是燃燒著
羽冠閃曳的餘燼
汗水沒入舂臼持續搗打如烏鶖鳥鳴
你說河水就要回來，河水就要回來——

她以一生揀擇織線的顏色為你編織生命
讓血重新流回 Molengaway[1] 的懷中
強壯的臍帶攬上腰肚的卑南平原
一條山路起伏織帶般密實的山稜線
河勢從右肩走向左腹流入 Alofu[2]
是否已準備好承接檳榔、小米
大冠鷲遺落的羽翼
獵獵的學習

在山海河莽中成為真實的人

Molengaway，阿美族語，草木神之意。

Alofu，阿美族語，情人袋、揹袋。

久久走一次

路過圖騰變電箱一名
圖騰郵筒，也一名
觀光商店招牌和部落裡的觀光商店 logo
不約而同販賣相同款式
同一團北上的 Ina 詢問
……在……哪裡？

「它在這裡，也不在這裡？」
台大人類學博物館，待著
文化館，待著
歷史博物館，待著

十三行文化人製作自己人身的書櫃
寫在第十四行的介紹牌上有一些讀不懂的文字
Ina 說她也看不懂
台北工作以後好像可以比較有文化？
那些不知道哪家的先祖的物靈
假想和祂們夢中碎嘴相視一笑
臺灣原住民族圖書資訊中心裡窖藏好幾本酒
我依舊不熟練怎麼打開文字
旅北青年揣想著如何成為真正的邦查（人）
轉頭對 ina 說：我們不懂沒關係
還是要尊重在這裡睡了很久的「長輩」

「它住在這裡，也不住在這裡？」

國家人權博物館某場講座裡頭
無法送達的遺書，待著
講者囔囔那政治犯可能是平埔族，為祂姓潘
我思考學者的話裡是否有家人的靈出面指認？
一張 PPT 借代了謄本
一席話有國族的味道和礦坑裡的冤深
一個個字句裡有多少沒有回到家族歸檔的骨頭
在眼眶底，待著

沒語祭

那雨如阿里嘎該跺步
（踏穿雲朵
切莫獨自渡過溫馴的午後）
雲的眼淚
臨我薄冰之身
擊碎我脆弱的血管
殘留的文化琥珀
在城市裡閃爍
有一搭沒一搭地出土
像孩子
在陽臺上牙牙學雨

趁雷絲齊落時
敞開褲襠撒尿
記憶與後敞褲一樣
才開始通風
晾乾織線
纏捆情人眼淚的鹹味

此刻，城市皆食糧貴重
巨人的腳趾老抵在秤上
回家吃飯的時節
真的到了
怒吼的聲響
在另一山頭
到另一個山頭間

七月迴盪現代的我
原民的音樂節停辦了
念著軟韌如藤的心
仍在獨奏

音樂忽然下起
在天光亮起一陣沒雨季
舞台上你碎散的腳趾
像沒採收完的小米
流浪而孤寂的文字
是古調，或者
忘詞後的胡亂哼吟
流進聽團仔的耳際

殘篇

1.

讓命運運轉
空氣中的寧靜
故事在樂音中逝去
有時明確有時模糊

2.

我想靜下來
靜下來
像是光融入我的身體
身體融入光
成為時間的一部分
可以穿透、解析
經事物我的結構

3.

童年懸置
青春期常常回望的一場夢
像把自己的頭殼派去外地
找不回的虛空
有時願望的
可能是災厄

4.

回到最初
望見眼前的馬賽克玻璃
我以為是教堂上的眼睛
其實是我自己
看著雙眼打開
看著自己穿越陰道口

5.

日子像幻燈片已安置
早已設定好的角落
再度亮起了陰暗
只差有沒有一隻手
想起思考的方式屬於誰

6.

你開始長鳴
反覆墜起
破碎的翅和血與透明在飛行
原來是思考的聲音

國家圖書館出版品預行編目（CIP）資料

在我身體裡的那座山 Talatokosay A Kapah / 嚴毅昇著．
-- 初版． -- 新北市：斑馬線出版社, 2024.11
　面；　公分

ISBN 978-626-98630-7-5（平裝）

863.851　　　　　　　　　　　　　　113017058

在我身體裡的那座山 Talatokosay A Kapah

作　　者：嚴毅昇
總 編 輯：施榮華
封面插圖：馬尼尼為

發 行 人：張仰賢
社　　長：許　赫
副 社 長：龍　青
總　　監：王紅林
出 版 者：斑馬線文庫有限公司
法律顧問：林仟雯律師
補助單位：財團法人原住民族文化事業基金會

TITV 16　財團法人
Alian 96.3　原住民族文化事業基金會
Indigenous Peoples Cultural Foundation
原住民族電視台 & 原住民族廣播電台
Taiwan Indigenous TV & FM96.3 Alian Radio

斑馬線文庫
通訊地址：234 新北市永和區民光街 20 巷 7 號 1 樓
連絡電話：0922542983

製版印刷：龍虎電腦排版股份有限公司
出版日期：2024 年 11 月
Ｉ Ｓ Ｂ Ｎ：978-626-98630-7-5
定　　價：400 元

版權所有，翻印必究
本書如有破損、缺頁、裝訂錯誤，請寄回更換。
本書封面採 FSC 認證用紙　本書印刷採環保油墨